Flintshire Library Services

C29 0000 1209 001

D1434125

I Jo, fy Saesnes o chwaer, a gyffyrddodd
â 'mywyd a'i lenwi â lliw.
Ac i bawb sy'n dal heb ddarganfod
eu talentau cudd.

To Jo, my English sister, who touched
my life and filled it with colour.
And to all those who still haven't
found their hidden talents.

G.M.

Llyfrgelloedd Sir Y Fflint
Flintshire Libraries
9001

SYS

JWFIC   £4.99

HO

Cyhoeddwyd gyntaf ym Mhrydain yn 2013 gan / First published in Britain in 2013 by
Macmillan Children's Books, 20 New Wharf Road, Llundain / London N1 9RR

Cyhoeddwyd gyntaf yng Nghymru yn 2017 gan / First published in Wales in 2017 by
Wasg Gomer / Gomer Press, Llandysul, Ceredigion SA44 4JL
www.gomer.co.uk

ISBN 978 1 78562 209 0

ⓗ y testun a'r lluniau / text and illustrations: Gemma Merino 2013 ©
ⓗ y testun Cymraeg / Welsh text: Sioned Lleinau 2017 ©

Cedwir pob hawl. Ni chaniateir atgynhyrchu unrhyw ran o'r cyhoeddiad hwn,
na'i gadw mewn cyfundrefn adferadwy, na'i drosglwyddo mewn unrhyw ddull
na thrwy unrhyw gyfrwng, electronig, electrostatig, tâp magnetig, mecanyddol,
ffotogopïo, recordio, nac fel arall, heb ganiatâd ymlaen llaw gan y cyhoeddwyr.

All rights reserved. No part of this book may be reproduced,
stored in a retrieval system, or transmitted in any form or by any means,
electronic, electrostatic, magnetic tape, mechanical, photocopying, recording
or otherwise without permission in writing from the above publishers.

Dymuna'r cyhoeddwyr gydnabod cymorth ariannol Cyngor Llyfrau Cymru.
Published with the financial support of the Welsh Books Council.

Argraffwyd yn China / Printed in China.

Y CROCODEIL OEDD DDIM YN HOFFI DŴR

THE CROCODILE WHO DIDN'T LIKE WATER

Gemma Merino

Addasiad Sioned Lleinau

Un tro, roedd yna grocodeil bach.

A doedd y crocodeil bach
yma ddim yn hoffi dŵr.

Roedd e'n ysu i chwarae gyda'i frodyr a'i chwiorydd.

Ond roedden nhw'n rhy brysur o lawer yn nofio.
A doedd y crocodeil bach yma ddim yn hoffi nofio.

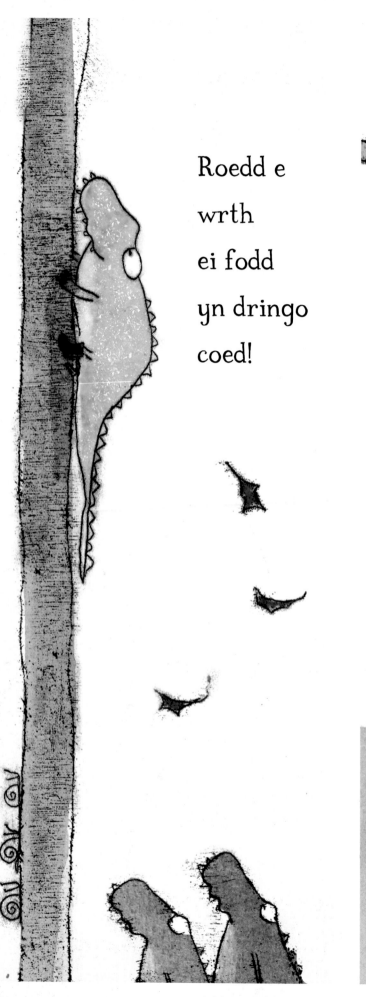

Roedd e
wrth
ei fodd
yn dringo
coed!

Yn wahanol i bawb arall.

Ond roedd e'n teimlo'n unig heb gwmni i chwarae.
Felly, dyma'r crocodeil bach yn cael syniad.

Penderfynodd gasglu bob ceiniog roedd e wedi cael gan
dylwyth teg y dannedd at ei gilydd a mynd i siopa.

Y prynhawn hwnnw aeth â'i gylch
rwber newydd at lan y dŵr.
Heddiw roedd e'n mynd i chwarae
gyda'i frodyr a'i chwiorydd!

Ond doedd e ddim yn gallu chwarae pêl.

Na nofio dan y dŵr.

Ac er iddo lwyddo i ddringo'r ysgol,

doedd

e ddim

eisiau

NEIDIO.

Ond doedd e ddim eisiau bod yn unig chwaith.
Felly dyma'r crocodeil bach yn penderfynu
rhoi un cynnig arall arni . . .

Un,

daaau,

dau
a
hanner,

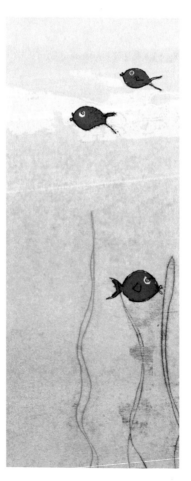

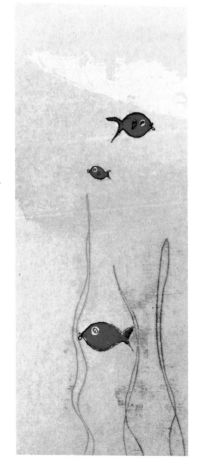
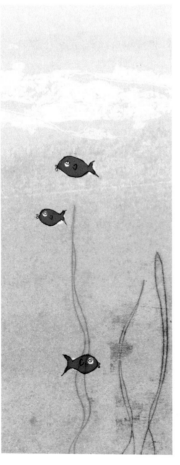
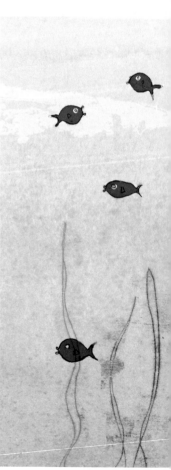

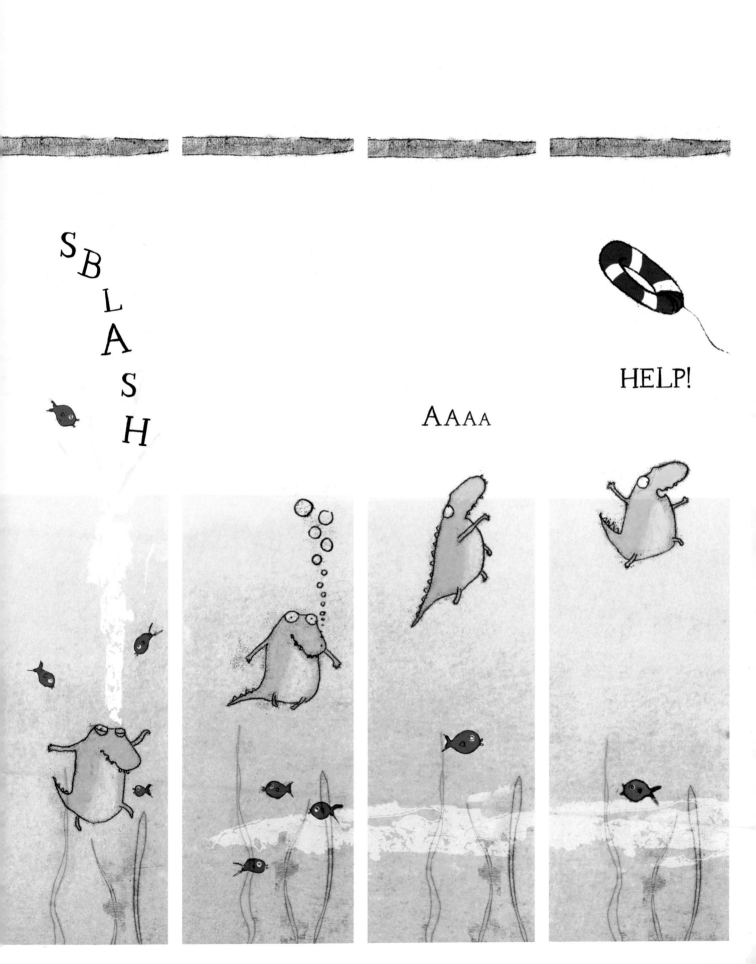

Oedd wir, roedd y crocodeil bach
yma'n bendant yn casáu dŵr.
Roedd e mor oer,
roedd e mor wlyb,
ac roedd e mor drist.

Ond wedyn, dyma rywbeth
rhyfedd yn digwydd.

Dechreuodd ei drwyn gosi,

a chosi mwy,

a thyfu,

a thyfu,

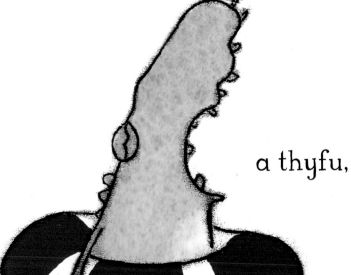

nes . . .

AAATISH

!

Doedd y crocodeil bach
yma ddim yn hoffi dŵr,
am nad crocodeil oedd e
wedi'r cyfan!

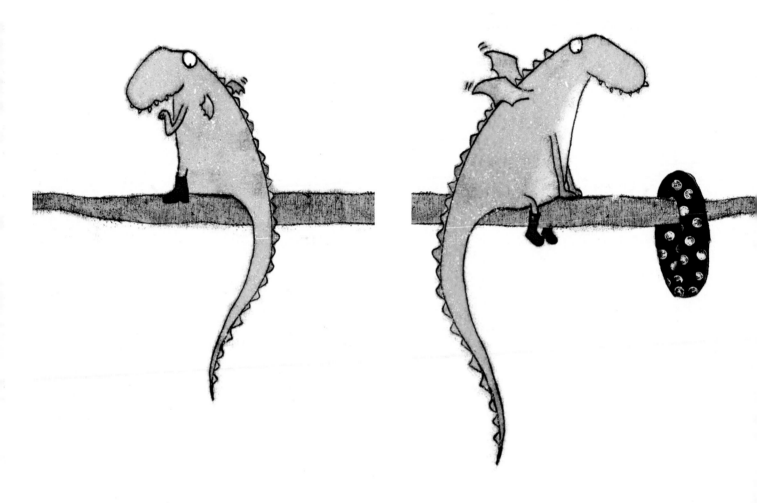

DRAIG oedd e.

A doedd y ddraig fach
yma ddim wedi'i eni
i nofio.

Roedd wedi'i eni
i anadlu tân.

Ac roedd wedi'i eni i hedfan!

THE CROCODILE WHO DIDN'T LIKE WATER

6. Once upon a time there was a little crocodile.

7. And this little crocodile didn't like water.

9. He longed to play whith his brothers and sisters.
   But they were far too busy swimming.
   And this little crocodile didn't like to swim.

10. What he really liked was climbing trees!
    But nobody else did.

11. It was lonely having nobody to play with.
    So the little crocodile made a decision.

    He had saved up his money from the tooth fairy, so decided to go shopping.

12. The next afternoon he took his new rubber ring over to the water.
    Today he would play with his brothers and sisters!

14. But he couldn't play ball.
    Or swim underwater.

15. And although climbing the ladder was fun, he just didn't want to JUMP.

17. But he didn't want to be alone.
    So he decided to try, one last time . . .

18. One, twooo, two and a half, THREEEE!

19. SPLOSH!
    AAAA
    HELP!

20. This little crocodile definitely hated water. It was cold, it was wet, and it was embarrassing.

21. But then something strange happened.
    His nose began to tickle, and the tickle grew, and grew, and grew, until . . .

22. AAACHOOOOO!

25. This little crocodile didn't like water, because he wasn't a crocodile at all!

26. He was a DRAGON.
    And this little dragon wasn't born to swim.

27. He was born to breathe fire.

29. And he was born to fly!

30. THE DRAGON WHO DIDN'T LIKE FIRE